La producción de este libro ha sido posible gracias a la ayuda de la Fundación para la Producción y Traducción de obras de Literatura Neerlandesa.

Coordinación editorial: M.ª Carmen Díaz-Villarejo
Diseño de colección: Gerardo Domínguez
Maquetación: Gráficas Auropal, S.L.
Traducción del neerlandés: Nadine Beliën
Título original: *De Verjaardag van der Eekhorn*

© Del texto: Toon Tellegen, 1995
   Amsterdam, Em.
   Querido's Uitgeverij B.V.
© De las ilustraciones: Lluïsa Jover, 2010
© Macmillan Iberia, S.A., 2010
   c/ Capitán Haya, 1 – planta 14. Edificio Eurocentro
   28020 Madrid (ESPAÑA). Teléfono: (+34) 91 524 94 20
www.macmillan-lij.es
ISBN: 978-84-7942-593-7
Impreso en China / *Printed in China*
GRUPO MACMILLAN: www.grupomacmillan.com

ESTE LIBRO PERTENECE A:

Toon Tellegen

LA FIESTA DE CUMPLEAÑOS

Ilustración de Lluïsa Jover

MACMILLAN
Infantil y Juvenil

El cumpleaños de la ardilla

Para no olvidarse nunca de nada,
la ardilla había colgado pequeñas notas
en las paredes de su casa.

En una de esas notas ponía: «Hayucos».

Esa nota, la ardilla la leía muy a menudo.
Y cada vez que lo hacía, decía: «¡Ah, sí, hayucos!
Menos mal que me acuerdo», se daba media
vuelta, se dirigía hacia su despensa y, unos
instantes más tarde, estaba sentada delante
de un plato de hayucos dulces o estofados.

Otra nota rezaba: «La hormiga».

Cuando veía esa nota, movía la cabeza
pensando: «Es verdad, debería ir a ver a la
hormiga». Entonces, se deslizaba tronco abajo
por el haya, caminaba hacia la casa de la hormiga
y gritaba desde lejos: «¡Hormiga!, ¡hormiga!».
Poco después, ambas se encontraban sentadas
en la hierba a orillas del río, hablando de cosas
imposibles de olvidar y a la vez imposibles
de recordar. Solían pasar allí horas y horas.

Otra nota señalaba: «Estar alegre».

«Bueno», pensaba la ardilla cuando
leía esa nota. Entonces, procuraba estar lo
más alegre posible. Sin embargo, si no estaba
alegre, le resultaba muy difícil llegar a sentirse
así. En alguna ocasión, la hormiga le había
explicado cómo hacerlo, pero su relato
había sido tan largo y complicado
que la ardilla no lo había entendido.

«Es una nota extraña», pensó la ardilla. Pero la ardilla la dejó donde estaba.

En un lugar apartado, un rincón donde la ardilla casi nunca se asomaba, había otra nota. Estaba tan retirada que la ardilla la leía solo una vez al año. Esa nota decía: «Mi cumpleaños».

Una mañana, después de haber leído ya dos veces la nota «Hayucos» y haber echado una mirada pensativa a la nota «Estar alegre», la ardilla se topó con esa nota y leyó: «Mi cumpleaños». Se dio con la mano en la frente, cerró firmemente los ojos y exclamó:

—¡Es verdad! ¡Casi se me olvida! Mi cumpleaños…

El corazón le palpitaba con fuerza. Faltaba muy poco para su cumpleaños.

La ardilla salió por la puerta y se sentó en la rama delante de su casa. Era primera hora de la mañana. Hacía sol y a lo lejos cantaba el tordo. La ardilla cogió un trozo de corteza de abedul y escribió:

Querida hormiga:
¿Vas a venir a mi cumpleaños?
Será pasado mañana.

La ardilla

A continuación, en otro trozo de corteza de abedul, escribió: «Querido elefante». Y después: «Querida ballena» y «Querida lombriz». «Quiero que vengan todos, —pensó—, absolutamente todos.»

Continuó escribiendo durante horas y, por la tarde, había montones de cartas delante, detrás y al lado de la ardilla. Alcanzaban más allá del tejado de su casa.

Una y otra vez creía que había invitado a todo el mundo, pero entonces se acordaba de alguien más. En ese momento escribía: «Querido colibrí». O: «Querido zorro polar». O bien: «Querido caballito de mar».

El sol comenzaba a descender y a la ardilla ya no se le ocurría nadie más.

Se quebró la cabeza, escribió una carta
más al insecto palo, reflexionó de nuevo
y se dijo a sí misma:

—No. Ya no se me ocurre nadie más.

En ese momento, se levantó el viento
e hizo volar las cartas por el aire. Se hizo
noche cerrada y, alrededor
de la ardilla, todo susurraba
y murmuraba. Las cartas
revoloteaban describiendo
grandes círculos y después
se dispersaban en todas las
direcciones por encima del bosque.

Algunas cartas comenzaron rápidamente
a descender y se deslizaron por el río,
en dirección al lucio, la carpa y el espinoso.
Otras se adentraron culebreando en el suelo
para dirigirse hacia el topo, la lombriz y
los demás animales que vivían allí. Y otras
sobrevolaron el bosque en dirección al
desierto, hacia el camello y la mosca de arena;
y en dirección al océano, hacia la ballena,
el cachalote, el león marino y el delfín.

La ardilla respiró hondo y entró en casa. «Seguro que vienen todos», pensó. Echó una mirada a la nota «Hayucos» colgada en la pared y murmuró:

—Ah, sí, es verdad. Tengo hambre.

Después de comer dos platos hondos de hayucos dulces, se metió en la cama y pensó una vez más: «Seguro que vienen todos...», se tapó con la manta y se quedó dormida.

A la mañana siguiente, la ardilla recibió las respuestas. Había un sinfín de respuestas.

La ardilla estaba sentada en la rama delante de la puerta de su casa y las cartas se fueron amontonando delante, detrás y a su lado. Las abrió una por una, mientras se decía a sí misma: «A ver de quién es esta carta...», y leyó:

Querida ardilla: Sí. La hormiga.
Querida ardilla: Sí. El grillo.
Querida ardilla: Sí. La ballena.

Con cada carta, la ardilla pensaba:
«Bien, bien, otro más que va a venir... Bien,
bien...», y se frotaba las manos de alegría.

Al cabo de un rato, se tuvo que poner
de puntillas para poder mirar por encima
de las cartas y, más tarde, tuvo que cavar un
pasadizo a través de las cartas para ver la luz
del sol y poder leer.

Algunos animales no sabían escribir
o no recordaban cómo se escribía «Sí».
Entonces, gritaban, rugían, trinaban
o piaban «Sí». Sus voces llegaban desde todos
los rincones.

El cangrejo se creía demasiado
distinguido para escribir y le pidió a la
alondra que gritara con júbilo «Sí» en su
nombre.

La alondra subió hasta lo alto del cielo
azul, donde gritó exultante:

—¡Sí! ¡El cangrejo! ¡Y yo también!
¡La alondra!

No había nadie que escribiese ni gritase «No».

Cuando se hizo de noche, el viento amainó y ya no llegaron más cartas, la ardilla pensó: «Vendrán todos…».

No obstante, tenía la sensación de que le faltaba una respuesta. Pero ¿de quién?

Cerró los ojos firmemente y se preguntó: «Pero ¿de quién?». No se le ocurría nadie.

En ese preciso instante, en la penumbra, llegó revoloteando una pequeña carta. Parecía reflejar la luz o encenderse y apagarse.

Era la respuesta de la luciérnaga, que había escrito que también asistiría.

La ardilla la leyó, movió la cabeza y se dijo a sí misma: «Ahora estoy segura de que vendrán todos».

Entró en casa, se topó con la nota en la que ponía «Hayucos», dijo: «Ah, sí, es verdad» y se comió un plato grande de hayucos estofados calientes.

Después, se sentó delante de la ventana, en la oscuridad, y miró hacia afuera. «Seguro que no podré dormir». Miró las estrellas,

las pequeñas nubes que pasaban y las oscuras
copas de los árboles.

Esa noche, los animales preparaban
sus regalos para la ardilla.
Lo hacían en silencio y bajo el agua
o entre los arbustos o muy por encima de las
nubes, porque querían sorprender a la ardilla.
Todos preparaban un regalo
para la ardilla.
El mundo susurraba y temblaba, pero
muy suavemente, de modo que la ardilla,
que estaba sentada en la oscuridad delante
de su ventana, pensaba que todo estaba
en silencio y que solo oía el latido de su
corazón.
«¿De veras vendrán todos? —se
preguntó—. ¿Les gustará mi fiesta de
cumpleaños? ¿O será aburrida? Cabe esa
posibilidad. Nunca se sabe.» Su frente se
arrugó por la incertidumbre. Sin embargo,
agitó la cabeza pensando: «No, nunca será
aburrida… Si vienen todos, es imposible».

Permaneció sentada allí durante varias horas hasta que se quedó dormida. Se deslizó lentamente desde la silla al suelo y se dirigió adormilada a la cama, donde se tapó con la manta.

Mientras tanto, los animales prepararon regalos grandes, regalos muy pequeños, regalos rojos, regalos azules y regalos que piaban, estaban calientes o, al contrario, muy fríos. Prepararon regalos pesados que tenían que levantar entre diez, y regalos ligeros que tenían que sujetar firmemente para impedir que un soplo de aire se los llevara.

Prepararon regalos torcidos, así como regalos finos y derechos como una vela; regalos redondos que rodaban y regalos rugosos imposibles de volcar; regalos de madera, regalos de miel y regalos de aire; regalos para comer y regalos para taparse la cabeza o la cola en invierno, cuando hace mucho frío.

Imposible imaginar ni un solo regalo que no se hubiese preparado.

«Falta poco para su cumpleaños,
–pensaban los animales mientras trabajaban–.
Falta poco…» En la víspera del cumpleaños
de la ardilla, aquellos que sabían croar o
cantar, croaban o cantaban, pero muy bajito:
«Falta poco, ya falta poco…».

La mañana de su cumpleaños, la ardilla
hizo tartas. Ya estaba en danza antes de que
amaneciera.

Quería hacer tantas tartas que al final
del día todos dijesen: «Ya no puedo más…».
«Solo entonces habrá sido un cumpleaños
de verdad», pensó.

Hizo tartas grandes de miel para
el oso y el zángano, una tarta de hierba
para el hipopótamo, una pequeña tarta roja
para el mosquito y una tarta árida para el
dromedario. Hizo tartas saladas de gran
peso para el tiburón y el calamar, y las bajó
con una cadena hasta el río. Hizo tartas finas y
ligeras para la golondrina, el ganso salvaje y el
ostrero, y las dejó colgadas en las ramas de

los árboles –atadas con una cuerda para que no se volasen–. Para la lombriz y el topo, hizo tartas gruesas y húmedas, que pesaban lo suficiente para hundirse en el suelo de modo que la lombriz y el topo pudiesen comérselas en la oscuridad, allí donde mejor sabían esas tartas.

De vez en cuando, la ardilla descansaba un poco, pero nunca por mucho tiempo. Porque un sinfín de tartas son muchísimas tartas.

Hizo una tarta de corteza rugosa para el elefante y una pequeña tarta de sauce carcomido para la larva de la carcoma. Reflexionó profundamente y, a continuación, para la libélula hizo una tarta que solo contenía agua. Era una tarta peculiar y reluciente y la apartó debajo de las ramas del rosal.

Se pasó toda la mañana haciendo tartas y solo paró cuando el sol se encontraba en lo alto del cielo y la fiesta estaba a punto de comenzar. Miró a su alrededor y movió

la cabeza. Había tartas por todas partes,
en el suelo o flotando en el aire –tartas
negras, tartas blancas, tartas curvas,
tartas redondas, tartas altas así como tartas
enormes y pesadas que desaparecían
lentamente en el suelo–. La mayoría
de las tartas aún humeaban, desprendían
olores dulces y parecían destellar
de impaciencia.

Era un día soleado y caluroso, en pleno
verano.

Había una tarta para cada uno.

Mientras la ardilla hacía tartas
esa mañana, los animales elegían la ropa
que se pondrían para asistir a la fiesta.

El elefante se puso una chaquetita roja
que no se había puesto nunca, y el oso un
largo abrigo gris que era tan holgado que
jamás le hubiera quedado estrecho. El topo
buscaba algo que no fuese de color negro pero
no encontraba nada, por lo que se puso toda
la ropa del revés.

La tienda del saltamontes, que vendía abrigos y gorros, empezó a animarse.
El coleóptero quería vestirse de blanco y se probó un abrigo largo de ese color. La lagartija se puso un gorrito de color malva en la cabeza, y el grillo preguntó si también se podía poner al revés un amplio abrigo rojo, con una hilera de botones dorados en su lomo.

—¡No hay problema! –chirrió el saltamontes–. ¡No hay problema!

En el océano, el calamar se atavió con un traje de color malva provisto de decenas de mangas por las que introdujo sus tentáculos; la ballena se puso una caperuza verde sobre el surtidor, y la morsa se ató una pajarita amarilla alrededor del cuello pensando: «¿Por qué no?».

Todos buscaban algo especial para ponerse. Nadie quería ir tal y como era. Incluso la tortuga se había puesto para la ocasión un chaleco de color rojo encendido encima de su caparazón, y el erizo cubrió cada una de las púas en su lomo con una pequeña funda azul. Tardó horas, incluso más que el caracol, que intentó ponerse encima un ruinoso cobertizo que le habían regalado hacía mucho tiempo.

«Jamás nadie se habrá vestido tal y como yo iré vestido», pensaban todos.

Llegó el mediodía. Hacía sol. «Es un día maravilloso para celebrar un cumpleaños», se decían los animales. Y todos pusieron rumbo al centro del bosque, al claro no muy lejos del haya, junto al meandro del río, donde la ardilla iba a celebrar su cumpleaños.

A primera hora de la tarde, la ardilla se encontraba rodeada de sus tartas en el claro del bosque.

Aún no había nadie.

Por un instante, pensamientos sombríos vinieron a su cabeza. «¿Se les habrá olvidado mi cumpleaños? —se preguntó—. ¿O no recordarán dónde vivo? Pasado mañana. ¿Sabrán lo que significa pasado mañana? ¿O creerán que pasado mañana siempre es

pasado mañana? En ese caso, mi cumpleaños
sería pasado mañana. Pero pasado mañana, mi
cumpleaños sería de nuevo pasado mañana...»

La cabeza le daba vueltas. «Quizá a última
hora no les haya apetecido venir –pensó–. Quizá
hayan pensado: Oh, la ardilla... Seguramente
será un cumpleaños de nada...»

Su cara se ensombreció.

Pero entonces, vio al oso que se
acercaba corriendo.

—¿Soy el primero? –gritó desde lejos,
en su largo y holgado abrigo.

—Sí –le gritó la ardilla.

—¿Qué tartas tienes? –gritó el oso.

—Muchísimas –dijo la ardilla–. Mira.

El oso venía seguido inmediatamente
por el grillo y, detrás de este, llegaban
el elefante y el coleóptero. Del cielo
descendían el cisne y la garza, seguidos
por el tordo.

En el río, el lucio asomaba la cabeza
y, junto a él, el salmón daba un salto en el
aire, mientras la morsa miraba asombrada

a su alrededor y se tocaba la pajarita para
asegurarse de que estaba bien colocada.

—¿Es aquí? –preguntó.

—Sí. Es aquí, morsa. ¡Aquí! –gritó
la ardilla alegremente.

Al poco rato, se acercó un largo y
sinuoso cortejo de animales cargados de
regalos que habían atravesado el bosque,
el cielo azul, el agua centelleante y el oscuro
suelo para unirse a la ardilla.

Uno por uno, los animales felicitaron
a la ardilla, le entregaron su regalo, aspiraron
los aromas del sinfín de tartas, se frotaron las
manos, alas o aletas, y miraron a su alrededor
para ver si todo el mundo se fijaba en ellos
y pensaba: «¡Qué original! Jamás he visto a
nadie tan original…».

Todos estaban originales, todos tenían ganas de comer tarta, todos estaban alegres.

Así es como empezó la fiesta de cumpleaños de la ardilla.

Cuando habían llegado todos los animales, la ardilla se aclaró la voz y preguntó:

—¿Todo el mundo quiere tarta?

—¡Sí! –gritó todo el mundo.

Unos instantes más tarde, todos estaban comiendo tarta, cada uno su tarta preferida.

El bosque se volvió silencioso y a la vez muy ruidoso, porque no había muchos animales que supiesen comer sin hacer ruido. La mayoría engullía y sorbía ruidosamente, y mascullaba y gruñía con cada bocado.

Algunos se atragantaban una y otra vez o se hinchaban, se caían de lado y seguían comiendo.

Gotitas de agua prorrumpían desde el río, y, de vez en cuando, unos trozos de tarta de algas salían a la superficie y desaparecían rápidamente en la boca del lucio o del espinoso.

El topo asomaba frecuentemente la cabeza a la superficie, respiraba profundamente, decía: «Delicioso, ardilla... Y la lombriz opina lo mismo» y se adentraba de nuevo en la tierra.

El cisne iba empujando una elegante tarta blanca, de vez en cuando metía el pico, sacudía la cabeza asombrado de que algo tan delicioso existiese y seguía empujando la tarta.

La libélula se paseaba sobre su tarta y, de cuando en cuando, tomaba un pequeño pero divino bocado.

El elefante dejaba un rastro de trozos de corteza dulce a su alrededor, y el oso tardó mucho tiempo en levantar su cara de la tarta de miel.

«Delicioso», murmuraban, y «rico» y «muy sabroso» y «oh, oh».

Pasaron horas comiendo, hasta que todo el mundo se cayó de lado, quedó repanchigado y se encontró tumbado boca arriba en la hierba o en el fondo del río. Aun así, quedaban tartas enteras y tartas comidas a medias por todas partes.

«Ya no puedo más…», mascullaban y gemían los animales. La ardilla miró satisfecha a su alrededor.

Había suficiente comida para todo el mundo.

Los animales llevaban un buen rato
tumbados mientras ponían todo su empeño
en dejar de pensar en las tartas, cuando el
elefante se incorporó de un salto y preguntó:
        —¿Bailamos o qué? Tenemos que bailar, ¿no?
        —Tiene razón –dijo
la jirafa, que se levantó
y se acercó al elefante.

Al pie del roble, sobre el espeso y cálido
musgo, el elefante y la jirafa se agarraron
del hombro y comenzaron a bailar.

—Esto sí que es bailar, jirafa –dijo
el elefante después de dos pasos.

—Sí –dijo la jirafa asintiendo con la
cabeza, que tenía acurrucada contra el cuello
del elefante.

Al poco rato, mientras se ponía el sol
y la luna se asomaba grande y redonda encima
del río, todos los animales estaban bailando:
el coleóptero con el escarabajo, la tortuga
con el caracol, el grillo con la rana, el avestruz
con la garza y, pisándose de vez en cuando
los dedos de los pies, el hipopótamo
con el rinoceronte.

Bajo el agua bailaban el lucio y la carpa;
en el rosal, el zángano y la mariposa;
en lo alto del cielo, la golondrina y la cigüeña,
y al pie del haya, la hormiga y la ardilla.

El tordo, el mirlo y el ruiseñor
cantaban una canción, sentados en una rama
a media altura del haya, y el pájaro carpintero

marcaba el compás desde algún lugar
en lo alto, cerca de la copa del árbol. Pero
también bailaban, balanceándose de un pie
a otro, mientras cantaban y marcaban
el compás.

Lejos de allí, en alta mar, adonde
habían ido a tomar el fresco, bailaban
el pez volador y el pez raya. Salían una
y otra vez muy por encima de la superficie
del agua, giraban sobre sí mismos y
volvían a zambullirse de manera garbosa
en las olas.

Bajo la tierra, entre las raíces del haya,
bailaban el topo y la lombriz. Sus extraños
pasos hacían retumbar y temblar el suelo.

Todos los animales bailaban.

Bailaban alegres y deprisa, pero a
veces también con aire serio y a paso lento;
y, de cuando en cuando, algunos animales,
mientras bailaban, necesitaban sollozar
sin saber por qué, puesto que estaban
muy contentos.

Bailaron así durante horas.

Al final de la velada, todos los animales regresaron a casa.

—Muchas gracias, ardilla –dijeron.

—¿Os ha gustado la fiesta? –preguntó la ardilla.

—Sí –respondieron–. Mucho.

Todos estaban cansados y caminaban despacio, arrastraban los pies o apenas podían levantarse del suelo.

El topo descendió lentamente hasta las profundidades de la tierra y la larva de la carcoma logró a duras penas introducirse en un viejo trozo de madera.

El lucio se marchó y la morsa también, aunque no sabía adónde. «De todas formas, nunca lo sé», pensó la morsa, cuya pajarita amarilla desatada le colgaba del cuello.

La luciérnaga dejó de iluminarse y el hipopótamo bostezó, se estiró y desapareció entre la maleza.

El oso escrutó por última vez el suelo para ver si en algún lugar quedaban migajas de la tarta de miel. Cuando encontraba

alguna, cerraba firmemente los ojos, se
imaginaba que era una enorme tarta de
miel, abría la boca de par en par y se metía
la migaja en la boca. «Mmm –mascullaba–
delicioso. Un poquito pequeño,
pero delicioso.»

Finalmente, él también regresó a casa.

—Adiós, ardilla –dijo la hormiga, que
era la última en marcharse.

Adiós, hormiga –respondió
la ardilla.

—Me voy –dijo la hormiga.

La ardilla asintió con la cabeza.
No sabía muy bien si iba a decir algo más.
Vio a la hormiga desaparecer lentamente
detrás del roble.

La luna iluminaba el bosque desde
lo alto del cielo y el río destellaba.

Reinaba un silencio absoluto.

La ardilla estaba sentada debajo
del haya, a la luz de la luna, rodeada
de sus regalos.

«Ha sido un cumpleaños maravilloso
–pensó–. «Creo que estoy muy contenta.»

Así se quedó durante un buen rato,
a solas, en el silencio del bosque. Una fina
neblina se extendía lentamente a ras de suelo
envolviendo el matorral.

Entonces, la ardilla trepó al haya,
con un montón de regalos bajo los brazos
y en el lomo.

Con gran dificultad, entró retorciéndose
por la puerta de su casa.

«¿Habrá salido todo bien? –se
preguntó–. ¿Realmente había suficiente
cantidad de cada tarta para todo el mundo?
¿No me habré olvidado de nadie? ¿Ni de
nada?»

Puso los regalos en el suelo. «¿Alguien
habrá quedado descontento? –se preguntó–.
¿Quizá el rinoceronte? ¿O el caracol?
¿Se lo habrá pasado bien el caracol?
¿En algún lugar, habrá alguien que se meta
en la cama pensando: "En realidad, me ha
decepcionado esta fiesta de cumpleaños"?»

Pasó revista a todos los animales que habían asistido a su fiesta. «En mi opinión -concluyó–, todo el mundo estaba contento.»

Toda su habitación estaba repleta de regalos. Miró a su alrededor y vio la nota que decía «Hayucos». «Ah, sí», pensó. Sin embargo, no se dirigió a su despensa, sino que arrancó la nota de la pared y la metió en el cajón de su mesa. «La guardaré por un tiempo», pensó.

Miró de nuevo a su alrededor y, a continuación, se sentó en el borde de la mesa balanceando los pies. De repente, pareció sentirse triste. «¡No puede ser!», –pensó–. «No hay ningún motivo para estar triste.»

—No –dijo en voz alta–. No es tristeza. Es otra cosa.

Sin embargo, no sabía qué era.

En ese momento, escuchó abajo la voz de la hormiga.

—¡Ardilla!

La ardilla se abrió paso hacia la ventana, la abrió y miró hacia abajo.

—¡Hola, hormiga! —gritó.

La hormiga se encontraba al pie
del haya y miraba hacia arriba. Saludaba
con la mano. Sin embargo, daba
la sensación de que no sabía muy bien
por qué estaba allí.

—Solo quería decirte que ha sido una
fiesta divertida —dijo con voz titubeante.

—Sí —dijo la ardilla.

—Muy divertida —dijo la hormiga.

—Sí.

Hubo un momento de silencio.
La hormiga removía el suelo con los pies.

—No podía dormir —dijo la hormiga.

—¿No? —dijo la ardilla. Por un
momento, pensó en ofrecerle algo a la
hormiga, algo dulce. Pero, al final, no le
pareció una buena idea.

—¿Tú tampoco podías dormir?
—preguntó la hormiga.

—No —dijo la ardilla.

Hubo de nuevo un momento
de silencio.

—Bueno, me voy a casa —dijo la
hormiga—. Pero, ha sido realmente una fiesta
muy divertida, ardilla.

—Sí —dijo la ardilla.

—Adiós —dijo la hormiga.

—Adiós, hormiga —dijo la ardilla y vio
a la hormiga alejarse en la oscuridad, muy
despacio, bamboleándose un poco de un pie
a otro.

«Está absorta en sus pensamientos
—pensó la ardilla—. Se nota.»

De nuevo, tenía otra sensación que
desconocía y que no se parecía a nada.

«¡Qué sensación más extraña!»,
pensó con asombro. Entonces, se encogió
de hombros, suspiró, apartó los regalos
y se metió en la cama.

Mientras dormía la ardilla, la luna
se puso y la noche se levantó deslizándose
sigilosamente por el bosque.
Susurraba en los matorrales y a veces
soplaba ligeramente contra las hojas de los
árboles. Debajo del haya, se tropezó con los
regalos que la ardilla aún no había podido
subir. Algunos de ellos ni siquiera los había
abierto y destellaban al resplandor de unas
intrigadas estrellas.
Con aire soñador, la noche prosiguió
su camino por la hierba vacía donde habían
bailado los animales y ahora reinaba el
silencio, allí donde se asomaban las primeras
gotas de rocío en las briznas.
Avanzaba con paso ligero, pero a veces,
de repente, daba patadas en el suelo. Daba
patadas en el suelo delante de la puerta del

caracol, que dormía profunda y lentamente;
y daba patadas en el suelo encima de la
cabeza del topo, de modo que soñaba con
una tormenta subterránea y hundimientos
y, después, de nuevo con la dulce
oscuridad.

Al llegar al río, la noche empezó a
caminar sobre el agua. Anduvo con paso
solemne sobre las ondas y las hizo chapotear
bajo sus pies entre el carrizo, de modo que
la rana se despertó de un sobresalto, se
desperezó, croó algo ininteligible y siguió
durmiendo, y el lucio miró hacia arriba con
ojos de sueño pensando: «La noche».

En la otra orilla, la noche le susurró a
la luciérnaga, que se encontraba en la zarza:
«Shhh…. duerme…», y la luciérnaga siguió
durmiendo y no se iluminó.

Así se deslizaba sigilosamente la
noche por el bosque, después de la fiesta de
cumpleaños de la ardilla, haciendo que todo
el mundo soñase, se despertase durante un
instante y volviese a quedarse dormido.

De vez en cuando, la noche gruñía, pero no por maldad.

Y cuando el sol empezó a despuntar por encima del horizonte, iluminando las nubes bajas, y aparecieron los primeros toques de rosa y naranja en el cielo, la noche se marchó y desapareció.

Y todo el mundo dormía.

Las reformas del caracol

—Por la mañana, cuando me despierto
–dijo el caracol–, siempre me duelen
los cuernos.

—¿Ah, sí? –dijo la jirafa–. ¡Qué gracioso!
A mí también. Como si escociesen.

—Sí dijo el caracol–. Como si
ardiesen.

—Como si alguien tirara de ellos
con fuerza –dijo la jirafa.

—Sí –dijo el caracol–. Ese es el dolor.

Se miraron asintiendo con la cabeza y se
sintieron orgullosos de la dolencia matutina
que tenían en común.

—Ves –dijo la jirafa–, jamás podría
explicarle esto al gorrión.

—No –dijo el caracol–. Ni a la tortuga.
Sin embargo, con ella sí puedo hablar
de reformas.

—¿Reformas? ¿Qué es eso? –preguntó
la jirafa con los ojos abiertos de par en par.

—Pues… –dijo el caracol lentamente con voz solemne–, eso es muy difícil de explicar.

La jirafa intentó encontrar algo que también fuese muy difícil de explicar, pero no se le ocurrió nada. Masculló algo y se marchó.

Hacía poco el caracol había hablado largo y tendido con la tortuga. Su casa se les quedaba pequeña. Sobre todo, cuando había visita o llovía. La tortuga quería tener un cobertizo con un tejadillo. «Pero ¿cómo lo voy a llevar a rastras? –se preguntaba–. «Quizá sea mejor construir un ala en un lateral.» Eso le parecía una buena idea.

El caracol se inclinaba más por la construcción de una nueva planta.

Esa mañana, tras su conversación con la jirafa, decidió iniciar inmediatamente las obras de reforma de su casa. El día acababa de empezar y, al fin y al cabo, solo se trataba de una planta.

A última hora de la tarde, la nueva planta estaba lista. Había incluso un pequeño balcón en la fachada. «Por si quiero ver llegar

a alguien de lejos», se dijo el caracol a sí mismo, y estaba muy contento.

Con motivo de las obras de reforma, esa noche organizó una fiesta. Uno por uno, los animales pudieron salir al balcón y saludar a los demás animales que estaban abajo y que, a su vez, respondían: «¡Hola!».

La jirafa fue uno de los últimos animales en salir al balcón. Se inclinó mucho hacia delante y su cuello tocó casi el suelo. Le hizo una seña al flamenco.

—¿Hablamos de baile? –preguntó alzando la voz–. Nunca puedo hablar de ese tema…

Sin embargo, el caracol no la oía.
Acababa de cerrar la puerta que daba a la
planta baja. «Aquí, –pensó satisfecho–, nadie
me molestará. A partir de ahora, éste será
realmente mi espacio.»

Y mientras que en el exterior
seguía el alboroto de la fiesta, se metió
en la cama.

El colmo de la elegancia

En la linde del bosque, bajo el rosal,
se encontraba la tienda del zángano. Solo era
un pequeño negocio y no había ni escaparate ni
mostrador. Pero se vendía de todo. Eran cosas
que nadie necesitaba casi nunca: una rama de
pino, una pelusa, una gota de agua, una brizna
de hierba, un trozo de corteza de haya, una
adelfa marchita y unas motas de polvo.

«A veces», respondía el zángano cuando
le preguntaban si llegaba a vender algo.

Un día, el leopardo dio una fiesta
a la que había invitado únicamente a los
animales más elegantes; quedando, por
tanto, excluidos la cucaracha, la lombriz,
el tábano, y también el hipopótamo, la ardilla
y la hormiga. Pero sí estaban invitados
la avispa, el cisne, la serpiente de anteojos,
el flamenco, la trucha y el saltamontes.

Ese día, desde primera hora de la tarde,
el saltamontes ya se encontraba delante

del espejo para
ver si estaba suficientemente
elegante. Juntó ligeramente los faldones
de su chaqueta, echó los hombros un poco
hacia atrás, limpió por enésima vez sus
antenas y esbozó una sonrisa distinguida.

«Y sin embargo –pensó mientras se
imaginaba cómo haría su entrada en la casa
del leopardo–, sin embargo, me falta algo,
un toque de distinción, un toque de…»

De pronto, supo lo que era. Miró a su
alrededor, abrió los cajones, saltó sobre los

armarios, miró en el interior de los jarrones
y pasó el dedo por las molduras. Pero no
encontró lo que buscaba.

Salió apresuradamente de su casa
y se dirigió a la golondrina, que había sido
invitada en el último momento y estaba
planchando su chaqueta. Sin embargo,
la golondrina no podía ayudarle. El saltamontes
se fue corriendo hacia la tienda del zángano.

Entró como una bala, todo sofocado.

—Necesito una mota de polvo –dijo.
Sus antenas temblaban de agitación.

—Una mota de polvo –repitió el zángano
pensativo–. Creo que allí me queda alguna.

El zángano se dirigió, seguido por el
saltamontes, hacia un rincón de la tienda
donde había una pequeña mota de polvo
detrás de un cartel que rezaba: NO TOSER.

El saltamontes miró detenidamente
la mota de polvo y, a continuación, dijo:

—Me la quedo, aunque hubiera
preferido una mota de polvo un poco más
ligera. ¿Qué le debo?

—Vamos a ver… –dijo el zángano–. Pues… una fortuna.

Muy a su pesar, el saltamontes no sabía cuánto era una fortuna. Además, no llevaba ni un céntimo. «Pero, –pensó– esta noche voy a conocer a tantos animales distinguidos que seguro que habrá alguno con varias fortunas dispuesto a darme una de ellas.»

—Mañana por la mañana, tendrá su fortuna –dijo el saltamontes.

—De acuerdo –dijo el zángano y, de alegría, hizo un viaje de ida y vuelta hasta el techo.

El saltamontes se llevó la mota de polvo y salió de la tienda.

Esa noche, hizo su entrada en la sala donde el leopardo daba su fiesta. Se detuvo un instante en el vano de la puerta y deslizó su mirada sobre los animales allí presentes: vio al flamenco, que miraba educadamente por una ventana; y a la gacela, que se abanicaba la frente con una hoja de álamo,

y también vio al cisne, que se esforzaba
a más no poder por sumirse en sus
pensamientos.

El leopardo se disculpó ante el ciervo
y se acercó al saltamontes.

—¡Saltamontes! –exclamó–. Bienvenido.
Bienvenido.

Y le tendió de manera hospitalaria
una de sus zarpas.

El saltamontes movió la cabeza
de manera casi imperceptible, inclinándola
ligeramente hacia un lado. Finalmente,
con un gesto despreocupado, se quitó la mota
de polvo del hombro que le había costado
una fortuna, mientras mostraba una sonrisa
afable y encantadora.

La lista del rinoceronte

Un día, el grillo puso una tienda de listas de regalos, porque la mayoría de los animales nunca sabían qué pedir de regalo para su cumpleaños.

El grillo estaba sentado en una silla detrás del mostrador y aguardaba, mientras se frotaba las manos, la llegada de su primer cliente.

Fue el rinoceronte, que celebraba su cumpleaños la semana siguiente y no sabía qué quería que le regalasen.

—¡Ajá! –dijo el grillo.

Cogió un trozo de papel y escribió:

LISTA DE REGALOS DEL RINOCERONTE

A continuación, salió de detrás del mostrador, dio varias vueltas alrededor del rinoceronte, masculló unas palabras, levantó una de las orejas del rinoceronte, miró detrás de ella y volvió a su sitio.

En la lista, escribió:

Una tarta de HIERBAS.

—¿Una tarta de hierbas? –preguntó el rinoceronte.

—Sí –dijo el grillo–. Yo te la regalo. De hierba rugosa, botones de oro y trébol dulce.

—De acuerdo –dijo el rinoceronte–. Y también un par de cardos, por favor.

El grillo reflexionó profundamente durante un buen rato, cerró firmemente los ojos, carraspeó y, a continuación, escribió debajo de Una tarta de hierbas:

De todo.

—¿Qué es eso? –preguntó el rinoceronte.

—¿No lo sabes? –preguntó el grillo.

—No –respondió el rinoceronte.

—Bueno –dijo el grillo–, eso cuadra perfectamente. Porque no puedes saberlo. Por eso, se llama «De todo».

El rinoceronte daba brincos de alegría, de modo que su chaqueta ondeaba alrededor de su cuerpo.

El rinoceronte se llevó la lista y se
la enseñó a todo el mundo –con la tarta
de hierbas tachada, porque ya se la iban a
regalar–. Y una semana más tarde,
el día de su cumpleaños, recibió del grillo
una tarta de hierbas y cardos, y, de los demás
animales, un poco de todo, lo cual le gustó
muchísimo.

Una tarta para alguien al que no le gustan las tartas

Una mañana, mientras se paseaba por la linde del bosque, la ardilla vio una tarta entre los lilos.

«Una tarta —pensó—, así, sin más, una mañana cualquiera. ¡Cómo me apetece!» Dio una vuelta alrededor de la tarta.

Era una tarta de hayucos con nata y azúcar rojo. Un aroma dulce llegó hasta la ardilla. «¿De quién será?», se preguntó. En ese momento, vio que había una tarjeta sobre la tarta:

ESTA TARTA ES SOLAMENTE PARA ALGUIEN
AL QUE NO LE APETEZCA COMER TARTA.

«Ay —pensó la ardilla—, ¡qué pena!» Suspiró profundamente, dudó un instante, se dijo a sí misma: «No, no», volvió a suspirar y se marchó.

Volvió varias veces la mirada.
La tarta parecía resplandecer entre los lilos.
«¿Por qué a mí siempre, siempre,
me apetece comer tarta?», se preguntó
la ardilla.

Mientras caminaba, pensó en qué
podría hacer para que ya no le apeteciera
comer tarta. «Pero, si no me apetece comer
tarta… –pensó–, no me apetece comer tarta.»
La cabeza le daba vueltas y decidió pensar
en otras cosas. «¡El río!». Y la ardilla
pensó lo más rápidamente posible en el río,
en el agua del río, en las ondas del río, en el
chapoteo del río y en el resplandor del río.
Se sentó en la hierba. El río se extendía
delante de ella.

Al rato, la carpa asomó la cabeza
sobre la superficie del agua y entabló una
conversación con la ardilla sobre la lluvia,
las lentejas de agua, la luz de la luna
y el significado de «húmedo».

—«Húmedo.» Eso no es nada –dijo
la carpa.

El sol brillaba y la ardilla escuchaba.
Pero, de repente, exclamó:

—¡Ya no me apetece comer tarta!

Se levantó de un salto y se fue corriendo. La carpa la siguió con una mirada de asombro.

—Ahora ya no sé si está de acuerdo conmigo… —masculló la carpa y, desanimada, se sumergió de nuevo en el agua.

La ardilla corrió hacia la linde del bosque. Sin embargo, antes de llegar, aminoró la marcha y suspiró apenada. «Pero… sí me apetece comer tarta». «No hay nada que hacer.»

Aun así, decidió ir a echar un vistazo a la tarta. Allí, se encontró con la hormiga, que daba vueltas alrededor de la tarta con cara triste; a veces retrocedía unos pasos, se tapaba la nariz y, con los ojos cerrados, se abalanzaba sobre la tarta. Sin embargo, se detenía una y otra vez justo delante de la tarta y sacudía la cabeza.

—Hola, hormiga —dijo la ardilla.

—Es un día negro, ardilla —dijo la hormiga—. Esto es lo que se llama un día negro.

Se detuvieron a unos pasos de la tarta y, sin mediar palabra, aspiraron el olor a miel y contemplaron la espesa nata y las torres cubiertas de azúcar que alcanzaban más allá de sus cabezas, en la cima de la tarta.

—Ya no soporto ver esa tarta, ardilla —dijo la hormiga—, y, sin embargo…

—Vámonos —dijo la ardilla—. Esa tarta no es buena para nosotras.

—Sí —dijo la hormiga.

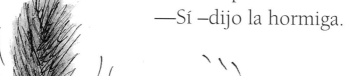

Se marcharon, absortas en sus pensamientos. Sin embargo, unos instantes después, escucharon un gran ruido y, al volver la mirada, vieron al elefante devorando la tarta a grandes bocados.

—¿Es que no has leído la tarjeta? —exclamó la hormiga temblorosa y con voz quebrada.

—Sí –dijo el elefante–. En realidad, no me apetece en absoluto comer esta tarta. Tarta de hayucos… ¡Qué horror! Si tuviera al menos un poco de corteza dulce. Pero nada de eso. Solo azúcar y hayucos. ¡Puaj…, qué asco de tarta!

Y con desgana, soltando de vez en cuando un grito de asco, el elefante se comió la tarta mientras le contemplaban de lejos la hormiga y la ardilla.

—¡Pobre elefante! –exclamó la hormiga.

«¡Buen provecho!» quiso gritarle la ardilla. Pero cambió de idea y se calló.

El cachalote y la gaviota

En lo más hondo del océano, cerca de una fosa marina, entre unas rocas, vivía el cachalote. Permanecía inmóvil en las profundas aguas, mirando fijamente delante suyo. Tenía la sensación de que había algo que no podía perder de vista, pero no sabía el qué. Jamás había cerrado los ojos. «Quizá un animal solamente pueda mirar una vez a su alrededor», pensó.

Estaba totalmente a solas y rara vez tenía visita. Pensándolo bien, en realidad, jamás tenía visita y nunca nadie había ido a verlo. Tampoco sabía qué aspecto tendría ese alguien. Muy de vez en cuando, suspiraba. Entonces, un poco de arena se despegaba del fondo del océano y el agua que le rodeaba se volvía turbia. Como esta situación le parecía peligrosa, se decía a sí mismo: «Por favor, puedes hacer lo que quieras, pero no suspires».

Entonces, pasaban años hasta que de repente se olvidaba de sí mismo y volvía a suspirar. «¡Lo has vuelto a hacer! —se decía a sí mismo, mientras los granos de arena le picaban en los ojos—. ¿Acaso no te dije…?»

El cachalote sospechaba que se quedaría allí eternamente.

Sin embargo, un día, descendió revoloteando una pequeña carta, océano a través, atada a una piedrecita para que se hundiese sin problema. Fue a parar delante del cachalote en el fondo del océano.

«¿Qué será eso? —pensó el cachalote—. ¡Una carta! Jamás he oído hablar de cartas. Ni siquiera sé si seré capaz de leer.» Abrió la carta y, por fortuna, resultó que sabía leer. Leyó:

> *Estimado cachalote:*
> *No estoy segura de si existes,*
> *pero te invito a mi fiesta.*
> *Mañana en la playa.*
> *Si existes, ¿vendrás?*
> *La gaviota*

El cachalote estaba tan sorprendido que suspiró profundamente y, por unos instantes, perdió de vista el mundo entero. Sin embargo, no le importaba, porque solo podía pensar en una cosa: «Una fiesta: allí conoceré a alguien». Se preguntaba si reconocería a ese alguien si lo viera y si tendría que llevar o ponerse algo.

Frente a él, en diagonal, había un trozo de coral rojo resplandeciente, y pensó que seguramente le gustaría a alguien. Lo guardó

debajo de una aleta y comenzó a nadar
en dirección a la playa.

Volvió la mirada por última vez.
«Me pregunto si algún día volveré», pensó.
Porque no sabía lo que era una fiesta ni
cuánto tiempo duraba. «Quizá las fiestas
nunca se acaben».

—¿Sabes qué? –se dijo a sí mismo–,
ya se verá.

Y desde las profundidades más
profundas del océano, nadó hacia la playa.

Llegó a última hora de la tarde. Cuando
asomó la cabeza por encima de las olas, vio una
playa totalmente adornada con algas, hierbas
de mar y conchas, y con otras cosas que jamás
había visto. Y vio la luna, en lo alto del cielo,
y las estrellas. Y por primera vez, cerró los ojos
durante unos instantes. No sabía por qué.
De sus ojos salía algo que recorría sus mejillas.

«¡Qué extraño! –pensó–. «¿Y qué es lo
que palpita tanto dentro de mí?»

La gaviota lo vio.

—¡Cachalote! –gritó–. ¡Eres tú!

La gaviota voló hacia él. «He aquí alguien», dijo el cachalote. La gaviota le acompañó hasta la orilla y le invitó a sentarse en un hoyo. Esa noche, conoció al tiburón, la ballena y el pez raya, y vio al charrán y al albatros, e incluso, a última hora de la noche, a la hormiga.

«Tengo que retener todo esto en la memoria», pensó el cachalote, pero no sabía para qué. Bien entrada la noche, la fiesta alcanzó su punto culminante y la gaviota le preguntó al cachalote si quería bailar con ella.

—De acuerdo –dijo el cachalote.

Enderezaron la espalda y el cachalote colocó su aleta sobre el hombro de la gaviota mientras la gaviota le cogía por la cintura con un ala.

Entonces, bailaron, en silencio y con aire serio, sobre la playa bañada por la luna, al son de las olas rompiendo lentamente. Todo el mundo contenía la respiración y pensaba: «Jamás se ha visto a nadie bailar así».

La gaviota y el cachalote bailaron por toda la playa, llegaron hasta las dunas y volvieron, bordearon el agua y terminaron el baile con un salto tan alto que parecían desaparecer en el aire. Pero, entonces, se dejaron caer con todo su peso en la húmeda arena.

«Quizá sea feliz ahora», –se dijo el cachalote–. Por lo que a él respectaba, esa noche, en la playa, durante la fiesta de la gaviota, el tiempo podía detenerse.

La mesa puesta

Una mañana soleada, la ardilla y la hormiga daban un paseo por el bosque. Mientras paseaban, la hormiga le explicaba a la ardilla por qué brillaba el sol y por qué, cuando llovía, la lluvia caía en forma de gotas y no en forma de pétalos. La ardilla movía la cabeza, de vez cuando decía «sí» y pensaba en otras cosas.

Poco a poco, se adentraron en una parte del bosque que no conocían bien.

—Pero, yo sí sé adónde estamos –dijo la hormiga.

—Tú lo sabes todo –dijo la ardilla.

—Casi todo –dijo la hormiga y añadió–: por cierto, ¿tú sabes por qué los árboles crecen hacia arriba y no de lado? Sería más fácil, ¿no?

La ardilla no lo sabía y seguramente hubiera conocido la respuesta si no hubieran llegado a una pequeña pradera.

No conocían ese lugar ni sabían quién vivía allí.

En medio de la pradera había una mesa grande, cubierta de platos y vasos y fuentes llenas de manjares exquisitos. Algunos de esos manjares humeaban, otros parecían recién hechos o desprendían volutas de aromas dulces.

—¡Mmm! —dijo la hormiga y tuvo que contenerse para no meter inmediatamente un dedo en alguno de los platos.

Allí no se veía a nadie.

—¡Hola! –gritó la ardilla.

—¡Felicidades! –gritó la hormiga.

—¿Hay alguien? –preguntó la ardilla.

—¡Nosotros empezamos ya! –gritó la hormiga, que se había fijado en una corona de azúcar cristalizado. La ardilla pudo pararla justo a tiempo.

No corría ni una gota de aire, el sol brillaba, el azúcar se derretía y no se veía a nadie en los alrededores.

—Cuento hasta tres –dijo la hormiga y empezó inmediatamente a contar.

—Pues –dijo la ardilla–, no lo sé.

—Tres –dijo la hormiga, que ya no oía nada y empezó a probar todos los platos.

Al cabo de unos instantes, la ardilla también tomó un bocado.

Y así estuvieron durante un buen rato, disfrutando de la comida. El sol ya había comenzado a descender cuando finalmente se levantaron y se prepararon para volver paso a paso a su casa.

De repente, escucharon una voz:

—Gracias.

Miraron a su alrededor. Entonces, vieron a la libélula, sentada casi invisible en una ramita del arbusto.

—Oh, no nos lo tomes a mal… –dijo la ardilla.

La hormiga no estaba en condiciones
de añadir nada más.

—¿Sabéis? –dijo la libélula–, como
siempre tengo miedo de que no haya
suficiente o de que no esté rico lo que he
preparado, me escondo. Entonces, si alguien
no quiere comer nada o piensa que no está
rico, pues, no estoy.

—Oh, libélula –dijo la ardilla.

La libélula cambió de color y retrocedió
un paso.

—Lo que queda del día de mi cumpleaños, lo celebro a solas –dijo rápidamente.

—Mañana te traeré un regalo –dijo la ardilla.

La hormiga asintió con la cabeza, pero con cierta dificultad.

—¿Qué te gustaría? –gritó la ardilla.

Sin embargo, la libélula ya había desaparecido detrás de una hoja del arbusto, al comienzo de su fiesta de cumpleaños.

La fiesta de disfraces

Como era habitual, se celebraba una gran fiesta en el bosque y, como siempre, esta fiesta era la más grandiosa de todos los tiempos. Era el elefante quien organizaba la fiesta y todo el mundo tenía que ir disfrazado.

La ardilla reflexionó durante mucho tiempo y decidió ir disfrazada de hormiga. Conocía tan bien a la hormiga que no le resultaba difícil parecerse a ella.

Cuando quiso entrar en la sala donde se celebraba la fiesta, el elefante la detuvo:

—Hormiga, solo podrás entrar si vienes disfrazada.

—Pero…

—No. No hay «peros» que valgan. Primero, te vas a casa y te pones algo para que yo ya no te pueda reconocer y, después, vuelves. Por cierto, tenemos unos deliciosos palitos azucarados…

«Palitos azucarados», pensó la ardilla.
Volvió decepcionada a casa. Se sentó delante
del espejo y reflexionó durante un buen
rato. Entonces, decidió ir disfrazada
de avispa. En muchas ocasiones, se había
sentado junto a la avispa en una rama o la
había acompañado cuando visitaba alguna
flor, y siempre había admirado su maravilloso
traje amarillo y negro. «Seguro que tengo
algo parecido», pensó la ardilla. De unas
cáscaras de hayuco y un poco de resina
confeccionó en el menor tiempo posible
un hermoso traje de avispa.

Sin embargo, la mandaron de nuevo
a casa.

—Avispa —dijo el elefante—, solo podrás
entrar si vienes disfrazada. Acabo de mandar
también a la hormiga a casa. Así que no
puedo hacer una excepción contigo.

—Pero…

—Eso mismo dijo la hormiga. No hay
nada que hacer. Esta es la fiesta de disfraces
más grandiosa de todos los tiempos y tú no

la vas a estropear viniendo sin disfraz.
Ponte algo. Lo que sea.

La ardilla volvió triste a casa. Ya no
tenía ganas de ir a la fiesta y, además, se hacía
tarde y ya no quedaría nada de los sabrosos
tentempiés. A lo lejos, oía el repiqueteo del
milpiés. Se imaginaba a la lombriz bailando
junto a mesas repletas de fuentes llenas de
tartas. Aligeró el paso y, mientras caminaba,
se quitó el traje de avispa. Una vez en casa,
tiró toda la ropa en un rincón, se hizo un
nudo en mitad de la cola, pegó con un poco
de resina una de sus orejas sobre un ojo
y volvió a la fiesta.

—¡Ah! –dijo el elefante–. Mirad quién
viene… Magnífico. Magnífico. ¡Ni siquiera
te reconozco!

El elefante aún se preguntaba si era
la hormiga o la avispa la que se había
disfrazado de ardilla cuando la ardilla ya
estaba saboreando su primer trozo de tarta
de nueces mientras la lombriz se deslizaba
con elegancia sobre la pista de baile.

Una cajita negra

Una noche, la ardilla y la hormiga estaban sentadas una al lado de la otra, en la rama más alta del haya. Hacía calor y reinaba el silencio mientras contemplaban las copas de los árboles y las estrellas. Habían comido miel y habían hablado del sol, de la orilla del río, de cartas y de suposiciones.

—Voy a guardar esta velada –dijo la hormiga– . ¿Te parece bien?

La ardilla la miró con cara de asombro.

La hormiga le enseñó una cajita negra.

—Aquí también guardé el cumpleaños del tordo –dijo.

—¿El cumpleaños del tordo? –preguntó la ardilla.

—Sí –dijo la hormiga y sacó ese cumpleaños de la cajita. Y se pusieron de nuevo a comer tarta de castañas dulces y de nata de bayas de saúco, y a bailar mientras cantaba el ruiseñor y se encendía y se apagaba

la luciérnaga, y vieron de nuevo el pico del tordo brillar de alegría. Era el cumpleaños más bonito que recordaban.

La hormiga lo volvió a guardar en la cajita.

—También guardaré aquí esta velada –dijo–. Ya contiene muchas cosas.

Cerró la cajita, se despidió de la ardilla y se marchó a casa.

La ardilla se quedó por un buen rato más en la rama delante de la puerta de su casa, pensando en la cajita. «¿Cómo estará metida la velada de esta noche? ¿No se arrugará ni se decolorará? ¿También estará el sabor a miel? ¿Y siempre se logrará volver a guardar la noche después de sacarla? ¿No podrá caerse y romperse o rodar por el suelo? Además, ¿qué otras cosas habrá en esa cajita? ¿Aventuras que la hormiga había vivido a solas? ¿Mañanas en la hierba junto a la orilla del río, cuando brillan las olas? ¿Cartas de animales lejanos? ¿Y algún día se llenará, de modo que ya no quepa nada más? ¿Y habrá también otras cajitas, para los días tristes?»

La cabeza le daba vueltas. Entró en casa y se metió en la cama.

La hormiga ya llevaba durmiendo un buen rato en su casa, debajo del arbusto. La cajita se encontraba encima de su cabeza, en una balda. Sin embargo, no la había cerrado bien. En medio de la noche, la cajita se abrió de golpe, dejando escapar un cumpleaños pasado que entró a toda velocidad en la habitación. Y, de repente, la hormiga se puso a bailar con el elefante, a la luz de la luna, debajo del tilo.

—Pero ¡estoy durmiendo! —exclamó la hormiga.

—Oh, no pasa nada —dijo el elefante mientras bailaba dando vueltas con la hormiga. Agitando sus orejas y su trompa, el elefante decía: «Qué bien bailamos, ¿verdad?» y «Oh, perdona» cuando le pisaba los pies a la hormiga. Y le dijo a la hormiga que ella también le podía pisar los pies.

La luciérnaga brillaba en el rosal y la ardilla, sentada en la rama más baja del tilo, saludaba con la mano a la hormiga.

De pronto, el cumpleaños se volvió a meter en la cajita y la hormiga se despertó al poco tiempo.

Se frotó los ojos y miró a su alrededor. La luz de la luna entraba en la casa e iluminaba la cajita en la balda. La hormiga se levantó y cerró firmemente la tapa. Acercó la oreja durante unos instantes a la cajita y escuchó música, así como el susurro y el chapoteo de las olas. E incluso creyó oír el sabor a miel, pero no estaba muy segura de que eso fuese posible.

Frunció el ceño y volvió a meterse en la cama.